Sarky Tob

Zwiegespräche mit einem Schafsbock

AF215250

Kontakt zum Autor:

www.sarkytob.de
schreiberling@sarkytob.de
Instagram, Twitter: @sarkytob

Schreibt mir, ich freue mich ehrlich über Post. Auch gerne „altmodisch" per Brief oder Postkarte. Meine Anschrift findet ihr im Impressum.

Über den Autor:

 Geboren 1977 und aufgewachsen in einem beschaulichen Dorf in Schwaben in der Nähe von Böblingen, studierte Biologie in Tübingen und machte seine Doktorarbeit in Hannover, wo er momentan auch lebt.

Kreativität ist das verbindende Element seiner Leidenschaften: Pfadfinder, Bildgestaltung, Videos und Animationen erstellen, Musik, Lesen und natürlich Schreiben.

Über das Büchlein:

Der Natur der Sache geschuldet eher Monolog statt Dialog, geht es in den Gesprächen um Erlebnisse aus und Gedanken zum Alltag in unserer modernen Welt. Und ums zuhören.

Sarky Tob

Zwiegespräche mit einem Schafsbock

11 Kurzgeschichten

Bibliografische Information der Deutschen
Nationalbibliothek:
Die Deutsche Nationalbibliothek verzeichnet diese
Publikation in der Deutschen Nationalbibliografie;
detaillierte bibliografische Daten sind im Internet über
http://dnb.dnb.de abrufbar.

Tobias Becker
Harzburger Str. 8
30419 Hannover

Umschlaggestaltung: Tobias Becker

Herstellung und Verlag:
BoD – Books on Demand, Norderstedt

ISBN: 978-3-7504-1348-1

Gewidmet meiner Familie und meinen wahren Freunden. Danke, dass ihr das Wagnis Leben gemeinsam mit mir angeht.

Ein Dankeschön zudem an all diejenigen, die sich als Menschen entpuppt haben, denen ich besser nicht meine aufrichtige Freundschaft geschenkt hätte: Ihr wart mir eine große Inspiration und Antrieb für einige der in diesem Buch versammelten Erzählungen.

Inhalt

Vorwort

Erstens kommt es anders und zweitens als man denkt.

Dieses Büchlein mit Geschichten rund um einen Kuscheltier-Schafsbock wollte ich ursprünglich bereits vor einigen Jahren veröffentlichen. Damals war ich mit ein paar Kleinigkeiten an den Geschichten noch nicht zufrieden und wollte zudem die einzelnen Kapitel mit einer Illustration abrunden. Das mit den Illustrationen hat nun doch nicht so geklappt wie ich mir das vorgestellt hatte, aber aufgeschoben ist ja nicht aufgehoben. Der Feinschliff der Geschichten hat sich ebenfalls verzögert. Dafür sind im Laufe der Zeit noch ein paar weitere Episoden dazu gekommen. So dass die Bezüge zur aktuellen Zeitgeschichte nun auch mehrere Jahre umfassen und mancher Trend schon längst wieder in der Versenkung verschwunden ist.

Zwiegespräche ist meine erste Veröffentlichung eines Sammelbandes mehrerer Erzählungen. Es gibt zudem einen Kurzkrimi von mir, der nur als E-

Book erschien und seit kurzem kostenlos von meiner Internetseite heruntergeladen werden kann. Dieser erschien noch unter meinem alten Pseudonym Sarkytob. Und natürlich meine Doktorarbeit, aber das ist eine komplett andere Geschichte.

Da ich während des Schreibprozesses immer wieder gefragt wurde: Nein die Geschichten sind nicht autobiografisch aber durchaus von meiner Biografie inspiriert. Welche Teile komplett meiner Fantasie entsprungen sind und was mir genauso oder so ähnlich tatsächlich passiert ist, werde ich nicht näher kommentieren. Diejenigen die dabei waren werden es eh wissen.

Meine persönliche Lieblingsgeschichte in dieser Sammlung ist übrigens „Verrückt ist das neue Normal". Und selbstverständlich erwische ich mich selber dabei, wie ich auf meinen sozialen Profilen im Netz genau das poste, worüber sich mein alter Ego in dieser Erzählung lustig macht.

Ich hoffe ihr habt nun beim Lesen so viel Spaß wie ich ihn beim Schreiben hatte.

Und wenn ihr möchtet, schreibt mir doch, welche der Geschichten euch am Besten gefallen hat und warum. ;)

Das Mädchen meiner Träume

"Ich bin schon ziemlich bescheuert, oder Teugel?" Teugel ist ein Stoff-Schafsbock mit kuschelig weißem Fell und dunkelbraunen Krummhörnern. Wenn wir alleine sind nenne ich Teugel anders, aber wir sind ja gerade nicht alleine. Teugel kommt im Übrigen von "Teufel und Engel", ein verschlüsselter Hinweis auf seine Namensgeberin.

Teugel ist ein verdammt guter Zuhörer und unterbricht mich nie wenn ich ihm etwas erzähle. Auch diesmal schaut er mich schweigend aus seinen smaragdgrünen Knopfaugen an und wartet geduldig darauf, dass ich ihm mein Herz ausschütte. Ich starre zurück, streichle gedankenverloren über sein Fell.

"Weißt du, nicht viele erwachsene Männer trauen sich mit einem Stofftier zu reden, und dann auch noch mit einem Schafsbock mit blütenweißer Weste äh Fell, also nicht Fellweste nur Fell ..." beginne ich und verliere gleich im ersten Satz den Faden. Ich sammle mich kurz und fahre fort "... und wenn, würden sie es nicht zugeben. Zum einen passt das ja mal überhaupt nicht zum mühsam aufrecht gehalten Bild des knallharten Typs und zum anderen könnte man sie ja für verrückt halten und zum Psycho-Heini auf die Couch schicken."

Teugels beharrliches Schweigen irritiert mich nun doch etwas also schiebe ich nach "Du meinst, dann ist es nicht gerade klug von mir, das hier aufzuschreiben? Ach was! Wenn ich das hier so aufschreibe, also so, dass es alle lesen können, ist es Kunst - nicht verrückt!"

Ich lasse Teugel etwas Zeit über meine Worte nachzudenken, unser angeregtes Schweigen füllt den kompletten Raum.

"Ach Teugel," unterbreche ich nach einer Weile die Stille, "warum nur mache ich mir das Leben immer selber so schwer? Ich habe dir doch von dem Mädchen erzählt, dass ich so sehr mag?" Ich mustere ihn kurz. "Ja, ok, stimmt, ich erzähle dir jeden Tag von ihr. Sie ist halt auch einfach das tollste Mädchen, das ich je kennen gelernt habe! Sie hat so wunderschöne grüne Augen, mit denen sie mich anstrahlt, selbst auf ihren Bildern. Und ihre Haare sind einfach ne Wucht, am liebsten habe ich ihre natürliche Haarfarbe, dieser ganz spezielle hell-rot-braun Ton, aber auch wie sie ihre Haare im Moment gefärbt hat sieht super aus. Ich mag einfach alles an ihr, jeden einzelnen Zentimeter!"

Ich habe das Gefühl, dass Teugel mich leicht tadelnd aus seinen runden, braunen Augen anschaut "Jetzt schau doch nicht so, Teugel! Ich mag sie doch nicht nur wegen ihrem Aussehen. Weißt du, ihr fröhliches, unbekümmertes Wesen ist so unglaublich ansteckend. Sie ist für jeden Quatsch zu haben und gleichzeitig kann man mit ihr toll über ernste Themen reden. Sie nimmt mir nie etwas krumm und erträgt geduldig mein Gejammere, wenn ich mal wieder einen meiner dunklen Tage habe."

Ich seufze tief. "Ja ich mag sie sehr!" Ich schiebe meinen Kopf näher an seinen, mein Mund berührt nun fast Teugels Ohren "Und weil wir ja unter uns sind, ganz im Vertrauen Teugel - Ich liebe Sie! Und soll ich dir was sagen? Sie hat mir gesagt, dass sie mich auch sehr mag! Manchmal, da stelle ich mir sogar vor, dass ich und sie miteinander ...", ich forme aus meinen Händen einen Trichter und flüstere den Rest des Satzes in seine Ohren. Ich könnte schwören, das Teugel knallrot wird.

Erneut entringt ein Seufzer meiner Brust. "Nur, wie du weißt, gibt es da leider eine Kleinigkeit, die verhindert, dass wir zusammen sein können. Und ich wusste das von Anfang an und trotzdem habe ich ihr gesagt, was ich empfinde und sage es immer wieder! Ich fürchte, jeden Tag wird unsere Sehnsucht zusammen sein zu können größer und größer. Ich hoffe nur aus vollstem Herzen, dass sie wegen mir nicht einem anderen einen Korb gibt - es reicht schließlich wenn einer von uns beiden hechelnd mit heraushängender Zunge einem nicht erreichbaren Glück hinterherjagt. Warum nur, bin ich so..., so..., so unvernünftig?

Ich weiß wirklich nicht mehr was ich machen soll. Ich meine vom Verstand her ist es ganz klar - das Ganze beenden, so schnell und schmerzlos wie möglich, im Notfall indem ich sie künftig einfach ignoriere." Ich stutze kurz, "Ja hast natürlich Recht, das ist wohl das Gegenteil von schmerzlos. Wie auch immer, ich kann das sowieso nicht, mein Herz lässt sich da vom Verstand nicht reinreden, egal wie gut die Argumente sind. Wirklich helfen tut das aber auch nicht. Und jeder weitere Tag, an dem ich auf mein Herz höre, wird es schwerer machen, loslassen zu können."

Unsicher schiele ich über den Rand meiner Brille zu Teugel, der immer noch keine Miene verzieht. "Tja, da weißt du wohl auch keine Antwort drauf, hmm?"
Und auf einmal schießen mir die Worte des Refrains von "Jetzt und Hier" der "Wise Guys" in den Kopf:
"Das Wichtigste sind wir und das Jetzt und Hier....
ganz egal, ob das so bleibt oder auseinandertreibt:
Es zählt jetzt nur, dass wir zusammen sind!"
Ich streichle Teugel nochmals verstohlen übers Fell, sage leise "Danke", und überlasse ihn dann wieder sich selbst.

Wenn mich die Muse küsst

Ich lese meinem Schafsbock mein neuestes Gedicht
vor:

Ich möchte tanzen, springen, singen,
die ganze Zeit mit Träumen nur verbringen.
WEGEN DIR!

Ich habe Schmetterlinge im Bauch,
die Sonne im Herzen auch.
WEGEN DIR!

Ich bin beschwingt, freudetaumelnd, froh,
überschäumend vor Glück, sowieso.
WEGEN DIR!

Ich möchte die Welt umarmen,
küssen, streicheln halten in meinen Armen.
WEGEN DIR!

Endlich kann ich wieder lachen,
habe Lust Tausend und Eins Dinge zu machen.
WEGEN DIR!

Ich habe wieder Lebensmut,
sehe nach vorne, weiß alles wird gut.
WEGEN DIR!

Für den Mut, das Lachen,
die Lust Tausend Dinge zu machen,
das Glück, die flatternden Schmetterlinge,
das tanzen, springen und dass ich singe
DANKE ICH DIR!

Gespannt drehe ich meinen Kopf zu Teugel und
sehe, dass ihm seine wunderschönen, langen Haare
zu Berge stehen. Sein derzeitiger Anblick erinnert
mich fatal an die Spaß-Bilder, die immer wieder
mal im Netz aufpoppen und sich anschließend
lawinenartig verbreiten. Ihr wisst schon, die, auf
denen eine Katze oder Hund oder sonst ein
niedliches Tierchen mit grimmigem Blick und wild
in alle Richtungen stehenden Haarbüscheln für die
Kamera posieren, weil sie ein klein bisschen zu
nass wurden. Oder die von dem Augenblick als

(junge) Menschen zum ersten Mal das Wunder der Elektrizität mithilfe von statischer Ladung kennenlernen. Oder die mit den Albert-Einstein-Gedächtnis- und Urban-Priol-Tribut-Frisuren.

"Es gefällt dir nicht, stimmts?" frage ich Teugel leicht enttäuscht. "Dabei habe ich mir doch soviel Mühe gegeben. Stundenlang nach Wörtern gesucht um zu beschreiben wie ich mich fühle." Da Teugel keinerlei Reaktion zeigt füge ich fast trotzig hinzu: "Heutzutage sollte es eigentlich niemand mehr überraschen, dass auch Männer Gefühle haben! Die Krux ist doch vielmehr, dass wir nur wenige allgemein akzeptierte Wege haben, diese auch ausdrücken zu dürfen. Wenn wir ganz normal darüber reden, - wie es ja von Frauen so gern gewünscht wird -, gelten wir ganz schnell als Schmerzensmann, als Softie im Wollpulli und Sandalen, kurzum als irgendwie nicht mehr ganz so männlich. Und das ist nur das, was Frauen sagen, was anderen Männer aus echtem Schrot und Korn über solche gefühlsduselige Geschlechts-genossen denken ist nicht wirklich druckreif.

Nicht dass mich das großartig stören würde, bei mir ist eh schon Hopfen und Malz verloren" grinse ich den Schafsbock mit den stattlichen Krummhörnern an. "Dennoch, in einem Gedicht darf auch jeder Mann ungestraft seinen Gefühlen freien Lauf lassen und außerdem ist es furchtbar romantisch."

In Teugels smaragdgrünen Knopfaugen spiegeln sich meine vor Neugier leicht geröteten Wangen. Sein abschätziger Blick ist mir Antwort genug. "Jaja, die Betonung liegt auf furchtbar, deinem Blick nach zu schließen. Ok, ich gebe zu, es ist nicht gerade ein Meisterwerk und einige der Reime wirken wohl eher wie mit der Brechstange und dem Vorschlaghammer erzwungen statt filigran und kunstvoll mit Zirkel, Reißnadel und Ziselierhammer herausgearbeitet. Reim dich oder ich fress dich heißt es ja so schön. Aber soll ich dir was sagen? Ich bin trotzdem verdammt stolz auf mein Gedicht, jawohl! Und weißt du auch wieso? Weil ich tatsächlich geschafft habe in wenigen Zeilen auszudrücken, was ich für dieses eine, ganz besondere Mädchen empfinde!

Versonnen streichele ich durch Teugels weiches Fell, bis es wieder ganz glatt anliegt. "Denkst, du, sie wird es mögen? Ich hoffe es so! Du weißt, wie schwer es mir fällt mich Anderen zu öffnen, egal ob Mann oder Frau und egal ob da nur Freundschaft ist oder doch vielleicht mehr. Ich möchte ihr auf keinen Fall zu nahetreten." Das Streicheln durch Teugels Fell hat etwas sehr beruhigendes und ich entspanne mich zusehends.

"Ja natürlich hast du Recht. Ich sollte aufhören nachzudenken und anfangen zu handeln. Ich kann im Grunde genommen doch nur gewinnen. Gefällt es ihr, super, wenn nicht, weiß sie zumindest was ich empfinde und das sie mir sehr viel bedeutet. Vielleicht fühlt sie ja ähnlich wie ich und das Gedicht ist der letzte Schubser in Richtung gemeinsames Glück. Vielleicht mag sie mich aber auch nur als Freund, das ist genauso, finde ich, in dem Gedicht enthalten, es drückt ja nur aus, was ihre Freundschaft bei mir auslöst. Eine tolle Zeit mit einem guten Freund, einer guten Freundin zu haben, dieses gegenseitige Verständnis und Vertrauen ist mit das Großartigste was einem Menschen passieren kann. Und dieses Glück kann man gar nicht oft genug mit dem anderen teilen."

Musik bestimmt den Rhythmus meines Lebens

Ein gewöhnlicher Samstagnachmittag im November, die Sonne blitzt ab und zu durchs Fenster, ansonsten wirkt es draußen eher kalt, die Anlage ist voll aufgedreht und ich lausche aufmerksam den Textzeilen während ich im Takt mitwippe.

„Teugel," beginne ich ein weiteres Gespräch mit meinem weißbefellten Freund mit den braunen Hörnern und den runden Knopfaugen, „ist es nicht erschreckend wie der da genau weiß, wie es in mir momentan aussieht? Wie wenn er von mir singen würde, dabei kennt der mich doch gar nicht!" „Der da" ist Farin Urlaub und singt gerade über

Selbstzweifel und die Suche nach einem Sinn im Leben. Das Gefühl sich selbst nicht mehr wiederzuerkennen. Das nichtverstehen des eigenen Handelns. Diese komplette Antriebslosigkeit und gleichzeitig die Angst vor dieser. Gipfelnd in der Strophe:
„Du sagst, du fühlst dich allein
in einem Raum voller Menschen.
Als wären sie nur Illusion."
(Farin Urlaub Racing Team – Karten)

„Genau diese Gedanken spucken mir schon eine ganze Weile im Kopf rum… Naja fast. Also nicht wörtlich natürlich. Ist doch irgendwie tröstlich, dass es anderen genauso geht wie mir."

Erwartungsvoll blicke ich Teugel an, er scheint mir leicht zuzunicken, also fahre ich fort „Weißt du Teugel, ich glaube die meisten unterschätzen Musik und vor allem Liedtexte vollkommen und messen Musik keinerlei Wert bei. Für sie ist das ganze bestenfalls nette Unterhaltung und schlimmstenfalls Lärm. Das finde ich sehr schade. Für mich ist Musik so viel mehr.
Ich meine ein Text, der vor mir auf einem Blatt Papier steht kann mich berühren, mich in seinen

Bann ziehen, mich dazu bringen komplett in ihn einzutauchen, alles um mich herum zu vergessen. Er kann mich empören oder besänftigen, kann mich traurig oder glücklich machen.

Kommt zu diesem Text noch eine entsprechende Melodie und ein Rhythmus hinzu werden diese Gefühle vielfach verstärkt. Und noch mehr: Die Melodie, der Rhythmus bestimmen darüber, wie ich den Text wahrnehme. Die Gefühle werden viel direkter transportiert."

In den smaragdgrünen Knopfaugen von Teugel lese ich verhaltene Zustimmung und lege nach: „Eine perfekte Symbiose von Musik und Text geht direkt am Verstand vorbei ins Herz! Kein Text alleine kann so eine Euphorie, so ein Wohlgefühl, so ein wahnsinnig tolles Gefühl des Geborgenseins oder aber auch so eine Aggressivität, so eine unendliche Traurigkeit, so ein grenzenloses Mitgefühl erzeugen wie ein Lied! Im Übrigen schafft das auch keine Melodie mit einem entsprechenden Rhythmus in dieser Intensität alleine, zumindest nicht so, dass es dauerhaft im Gedächtnis haften bleibt."

Ich grinse Teugel an „Und weißt du was das Beste ist? Weder Text noch Musik alleine schaffen es so elegant widersprüchliches miteinander zu vereinen. Nimm beispielsweise 'Bad Moon Rising' von 'Creedence Clearwater Revival' bei dem eine fröhliche, schnelle Melodie auf einen 'Weltuntergangstext trifft'.

Sieht man die Worte nur geschrieben vor sich, machen sie einen irgendwie traurig, besorgt, man fühlt mit diesem armen Menschen mit, der so viel Schreckliches gesehen hat und der nun das Ende der Welt erwartet. Kommt jedoch diese fröhliche, groovende, ja geradezu zum Tanzen auffordernde Melodie hinzu, bekommen auch die Worte eine andere Bedeutung. Irgendjemand, irgendetwas scheint sich über das Ende regelrecht zu freuen – warum bleibt allerdings dessen Geheimnis"

Teugels Miene bleibt während meiner Ausführungen völlig unbewegt, ganz einverstanden scheint er aber nicht zu sein. Ich seufze „Ja sicher, die meisten hören nur auf die Melodie und bekommen die Worte höchstens unbewusst mit und für die haben die Worte überhaupt keine Bedeutung. Und jeder der beides aufnimmt wird den Widerspruch auf seine eigene

Art aufgrund seines eigenen Werdegangs und seiner Weltanschauung interpretieren. Dennoch ich bleibe dabei: Die Kombination von Text und Melodie berührt viel stärker als die beiden jeweils für sich alleine.

Und das richtige Lied zur richtigen Zeit, dass tausende von Menschen berührt kann schließlich die Geschichte verändern! Ohne 'David Hasselhof' oder die 'Scorpions' stünde die Mauer ja heute noch…", erkläre ich und verkneife mir das Lachen. Jetzt habe ich Teugel endlich erwischt! Er grinst bis über beide Backen. „Ok, das ist zugegebenermaßen Unsinn aber ich denke schon, dass einige Lieder, die es schaffen die tatsächlichen Gefühle und Gedanken Vieler einzufangen und auszudrücken, durchaus als Katalysator für manche Ereignisse wirken können. Alleine dadurch, dass sie das Gefühl vermitteln „Du bist nicht allein – es geht vielen genauso wie dir!"

Mein Blick fällt auf den Fernsehapparat inklusive DVD-Player. „Ha, und stell dir mal einen Film ohne Musik vor, die die jeweilige Stimmung unterstreicht! Ich frage mich ja, was passieren würde, wenn in einem Film konsequent die

„falsche Musik" unter die Szenen gelegt würde. Also so was wie 'Hard Rock Hallelujah' von 'Lordi' unter eine Beerdigungsszene oder der 'Funeral March' von 'Chopin' unter eine Partyszene. Wäre bestimmt spannend wie der Film dann wahrgenommen würde."

Gedankenverloren streichele ich Teugel durch seine weiche, weiße Wolle. „Musik bedeutet mir wirklich viel. Sie bewegt mich. Immer. Sie verstärkt meine Gefühle oder aber reißt mich aus ihnen heraus. Also ich meine beispielsweise, wenn wieder mal dunkle Schatten auf meiner Seele liegen und ich darüber nachsinniere, was ich aus meinem Leben gemacht habe (nicht viel) und es läuft beispielsweise 'Why does it always rain on me', dieser Song mit dem traurigen Text und der traurigen Melodie von 'Travis'.

Dann komm ich bestimmt nicht auf sonnigere Gedanke, eher im Gegenteil, denn das entspricht ja genau dem, was ich in diesem Moment empfinde. Solche Lieder können in Momenten, in denen ich empfindlich und unstabil bin, auch erst die schwarzen Wolken aufziehen lassen, die die dunklen Schatten auf meine Seele werfen. Andererseits können energiegeladene, positive

Stimmung verbreitende Songs mich durchaus aus solchen Tiefpunkten zurück an die sonnige Oberfläche ziehen und die schwarzen Wolken vertreiben. Also Songs wie 'Tortuga' von 'Talco' oder 'Paradise City' am liebsten in der Version von 'Slash feat. Fergie und Cypress Hill'. Und", Ich schaue Teugel traurig in die grünen Augen, „die Musik erfüllt mein Zimmer mit Leben und überdeckt die Stille der Einsamkeit die das Alleinsein so mit sich bringt."

Verrückt ist das neue Normal

"Teugel" sage ich, "Teugel, heute habe ich einen tierischen Drang unvernünftig zu sein! Einfach so, ohne auch nur einen Gedanken an mögliche Konsequenzen zu verschwenden. Nur für einen Tag das enge Korsett des Alltags und der Normen und vielfältigsten Erwartungen an mich abzustreifen und unbekümmert die Sau rauszulassen. Also naja, ohne dass jemand dabei zu Schaden kommt, also ernsthaft meine ich."

Teugel, mein treuer Schafsbock und der beste Zuhörer den ich je hatte, sieht mich schweigend an, ich glaube er findet die Idee gar nicht so gut wie ich. "Hey," sage ich, "was ist denn da schon so schlimmes dabei, hmm? Aber keine Sorge, ich ziehe dich da nicht mit rein, denn du bleibst heute zuhause." Eigentlich hätte ich das gar nicht erwähnen brauchen, denn Teugel bleibt fast immer daheim, wenn ich aus dem Haus gehe. Ich schätze meine geschätzten Mitmenschen würden es nicht verstehen, wenn ein erwachsener Mann in der Öffentlichkeit ungeniert mit einem Stoffschafsbock palavert, der zudem noch sehr schüchtern ist und nur seltenst antwortet. Also der Stoffschafsbock jetzt, nicht der Mann, obwohl so ganz klar lässt sich das nicht immer sagen.

"Ich erzähl dir alles, wenn ich wieder zurück bin" verspreche ich Teugel und kreuze dabei meine Finger hinter dem Rücken. In letzter Zeit werde ich nämlich den Verdacht nicht los, dass mein weißbefellter Freund gesprächiger ist, als es den Anschein hat. Und alles muss er nun ja wirklich nicht wissen.

Natürlich habe ich mein Versprechen gehalten und ihm haarklein alles erzählt, was ich erlebt habe. Also fast alles, versteht sich.
"Teugel, es war großartig!" sprudel ich los, kaum dass ich die Tür hinter mir geschlossen haben. "Das solltest du wirklich auch mal machen, das ist so befreiend!"

Teugel scheint jedoch meine Begeisterung nicht so recht zu teilen. "Och komm schon, jetzt spiel hier nicht den beleidigten Ziegenbock du Schaf, du weißt doch, dass ich dich nicht mitnehmen kann. Jedenfalls, direkt als ich vorhin aus der Tür trat bin ich Frau Müller-Meier-Schmidt mit dt in die Hände gelaufen.

Wußtest du, dass das Chupa Chups Logo von Salvador Dalí entworfen wurde? Ich auch nicht.

Ich sage zu Frau Müller-Meier-Schmidt mit dt 'das ist ja interessant' aber wußten sie, dass jeder zehnte männliche Hamster homosexuell ist? Sie wird kreidebleich und beginnt an ihren Fingern abzuzählen, wahrscheinlich ihre bisherigen, verblichenen Hamster. 'Gottseidank' sagt sie, 'erst neun, dann kaufe ich mir als nächstes lieber ein Meerschweinchen'.

'Großartig' sage ich, 'gegrilltes Meerschweinchen mit scharfer Chilisauce und dazu mit Mozarella gefüllte Kartoffel-Kroketten soll vorzüglich schmecken.' Frau Müller-Meier-Schmidt mit dt schaut mich mit ganz großen Augen an und ich denke mir 'Jetzt springt sie dir gleich an die Gurgel oder spießt dich mit ihrem spitzen Regenschirm auf'. Deshalb mache ich lieber ein paar vorsichtige Schritte nach hinten.

'Aber so kenne ich sie ja gar nicht!' ruft sie entrüstet. 'Ja leider' sage ich, die Menschen sehen in mir immer nur das Gute, das nervt fürchterlich. Aber das ist ja wohl kaum mein Fehler. Und was das Meerschweinchen angeht, das ist doch auch nicht anders als bei einem Kaninchen!'

Die folgende Stille ist fast greifbar, ich wende mich schon zum Gehen, da überrascht mich Frau Müller-Meier-Schmidt mit dt mit einem vorsichtigem 'Und sie glauben wirklich das schmeckt? Also probieren würde ich das ja schon gern einmal...'

'Gut,' sage ich 'wie wäre es mit nächstem Freitag?' Tja und jetzt muss ich bis Freitag ein geschlachtetes Meerschweinchen organisieren, also so ein echtes Fleisch-Meerschweinchen aus Peru oder so, um den Rest kümmere sie sich schon, sagte sie."

Teugel versucht weiterhin mich krampfhaft niederzustarren, aber sein heimliches Schmunzeln verrät ihn. Ich lächle in mich hinein und fahre fort: "Als ich endlich im Bus sitze kommt mir in Sinn, dass es gar nicht so einfach ist spontan verrückt zu sein. Ich meine scheinbar sind heutzutage dem Ausleben unserer Vorlieben kaum noch Grenzen gesetzt. Fast alles ist irgendwie akzeptiert, solange darunter nicht gerade Kinder oder Haustiere leiden, alle anderen sind egal.

Du rennst lieber balancierend auf schmalen Mauerkronen statt auf dem Gehweg, springst über Mülltonnen, kletterst über Gitter? Kein Problem, die anderen um dich rum zucken nicht mal mehr mit der Schulter, wenn du an ihnen vorbeihuschst. Mach nen Youtube Video draus und mit etwas Glück wirst du über Nacht zum gefeierten Star.

Du postet lieber deinen tollen, selbstgebackenen Kuchen auf Facebook und isst ihn anschließend alleine anstatt deine Freunde auf nen gemütlichen Plausch bei dir einzuladen? Wozu auch, schließlich kann man ja auch bei Facebook bequem miteinander quatschen.

Du hast keine Zeit mit deinem besten Freund über dessen Probleme zu reden, weil du dir stattdessen das neueste Video der gerade angesagtesten Komiker anschauen musst, die darüber singen, dass sie bei jedem einigermaßen gut aussehendem Mädchen mit einem Blutstau in dem Anhängsel zwischen ihren Beinen reagieren? Versteh ich völlig, ist schließlich wahnwitzig witzig, nur seltsam, dass du mich ein Arschloch schimpfst, wenn ich dir das Gleiche sage"

Ich stelle mich in Boxkampfringsprecherposer und zitiere mit dazu passender Stimme und Tonlage das Intro des ‚EAV'-Songs ‚Tanzen': "Die Kinder dieser Erde haben sich verändert! Jaaha! Von Kopf bis Fuß verkabelt, verbringen sie epileptisch zuckend ihre Freizeit in den Cyberspace-Rave-dance-Arenas! Hahaha! Und ballern sich mit ihren Pocket-Pumpguns Extasies in ihre sprachlosen Münder! Welcome im dritten Jahrtausend!"

Ich blicke Teugel direkt in die Augen "Nicht nur die Kinder. Im Grunde genommen fast jeder unter 50 hat sich in dem feinmaschigen Netz aus ständiger Sehnsucht nach Befriedigung seiner Lüste, abrackern im Hamsterrad seines Jobs um sich diese Befriedigungen auch leisten zu können und dem "Hauptsache ich bin glücklich, alle anderen sind mir scheißegal, wenn jeder an sich selber denkt ist an alle gedacht" verfangen. Natürlich gibt es genug Ausnahmen, die nicht so denken und handeln, aber die gelten eben, zumindest unter der Hand, als nicht ganz normal, also verrückt."

Ich deute auf den Fernseher "Und das da, also das Programm, ist die Krönung der Absurdität. Moralisierend und verurteilend (der Anderen) bis zum geht nicht mehr und gleichzeitig ist der einzige Maßstab für die eigene Moralität das Geld. Ich gebe dir mal ein typisches Beispiel was ich meine: Um 20.15 Uhr werden vermeintliche Kinderschänder gejagt, natürlich ohne großartigen Schutz deren Identität, schließlich sind es ja Bestien, und wenn die Polizei schon nicht... so ein bisschen Lynchjustiz schadet bestimmt nicht. Gefunden wurden diese über einen Lockvogel (oder müsste das in dem Fall Lockvögelin heißen?), der sich als ein unter 18-jähriges Mädchen ausgibt und die bösen Männer zu einem Treffen animiert, bei dem dann das Filmteam inklusive Polizei anrückt. Da die Gattin eines überaus beliebten Politikers zudem diese Sendung unterstützt, kann daran ja gar nichts auszusetzen sein.

Naja, jedenfalls folgt direkt im Anschluss eine Reportage, die 14- bis 17-jährige Mädels bei ihrem Urlaub auf Malle oder sonst wo begleitet, bei der die Mädels die meiste Zeit möglichst kaum bekleidet sind.

Danach folgt eine weitere Reportage mit dem Titel 'Endlich 18, jetzt werde ich ein Pornostar', die den ersten Gehversuchen der Staraspirantin im harten Pornobusiness auf Schritt und Fick folgt.

Zum krönenden Abschluss des Abends gibts dann noch irgendeine Skripted-Reality Dokusoap bei der sich eigentlich normale Menschen für ne Handvoll Euros durch den Regisseur oder Produzenten zum Volldepp machen lassen. Der findet es beispielsweise unheimlich witzig die durch die Lebensumstände erzwungene Sparsamkeit zu karikieren, indem der Portraitierte sich mit nur einem Blatt Klopapier den Po putzen soll. Dazu wickelt er sich das Blatt um den Daumen und.... Selbstverständlich sind die Stromkosten für die Produktion und die etwaigen notwendigen Umzugskosten nach der Ausstrahlung in der Aufwandsentschädigung nicht enthalten.

Bei den anderen Sendern ist es keineswegs besser, die verpacken es höchstens etwas subtiler. Das wirklich Abstoßende daran ist, dass solche Sendungen teilweise Traumquoten erzielen.
Das alles soll also jetzt normal sein? Verrückt oder?"

Ich räuspere mich. "Ja, entschuldige, ich bin etwas abgeschweift. Ich fahre also mit dem Bus in die Stadt und gehe erst mal zum Marktplatz. Natürlich sitzt dort auf einem altem Teppich in einer Ecke ein Straßenmusiker unbestimmbaren Alters. Neben ihm liegt ein Hund mit völlig verzotteltem Fell. Wobei Musiker triffts nicht so ganz, eher schon Interpret.

Aus einem Ghettoblaster hämmert die Karaoke-Spur von irgendeinem Schema-F-Popsong. Und mit Ghettoblaster meine ich so ein richtig großes, edles Teil, wie sie Anfang der 80er Mode waren. Das Ding hatte ungelogen die Abmessungen von einem Reisekoffer.

Er singt dazu mehr schlecht wie recht und fürchterlich schief. Als sein Hund auch noch einstimmt, muss ich mir die Ohren zuhalten, sonst wären sie vermutlich schlichtweg abgefallen. Eigentlich spricht man ja von Katzenmusik, aber ich schwöre dir, das Gefauche ralliger Kater, die nachts um eine Katze balgen klingt dagegen wie Mozarts Kleine Nachtmusik!

Als er eine kleine Pause einlegt gehe ich zu ihm hin und beuge mich zu seiner Mütze runter. Er lächelt, ich lächele zurück und nehme mir ein Geldstück aus der Mütze. Er so 'He!' und ich so 'Was He? Schmerzensgeld!' und richte mich wieder auf. Er funkelt mich böse an und ich sage 'Ok, ok, ich mache ihnen einen Vorschlag - sie bekommen das Geldstück zurück und von mir das doppelte plus einen Euro dazu, wenn sie nicht singen, bis ich außer Hörweite bin.'

'Einverstanden' sagt er und ich lege ihm einen fünf Euro Schein plus seine zwei Euro Münze in die Mütze und gehe. Kaum bin ich ein paar Schritte weg, fängt er an, völlig unrhythmisch in die Hände zu klatschen und seine Töle klopft im Takt dazu, also zu dem Geklatsche, nicht zur Musik, mit dem Schwanz auf den Boden. Ich hätte wohl noch etwas spezifischer sein müssen."

Ich ziehe scherzhaft an Teugels Krummhörnern "Na, noch wach Kumpel?" Teugel grinst mich wortlos an. "Gut so, denn das Beste habe ich mir für den Schluss aufgehoben" erzähle ich weiter.

"Der Straßenmusiker oder besser Interpret hatte mich nämlich auf eine kuriose Idee gebracht. Ich wollte mithilfe zufälliger Passanten eine Art Kettenlied erschaffen. Das Prinzip, dass ich mir ausgedacht habe, ist denkbar simpel: Es gibt eine vorgegebene Melodie und der oder die jeweiligen

Sänger improvisieren dazu einen Text. Als Anhaltspunkt bekommen sie lediglich die letzte Zeile der vorigen Strophe.

Ich bin also in den nächste Elektronik-Supermarkt gegangen und habe einen MP3 Player mit Aufnahmefunktion gekauft. Jetzt brauchte ich nur noch eine Melodie, die viele kennen. Ich wollte allerdings keines der bekannten Kinderlieder nehmen, deshalb habe ich mich am Ende für 'Blowin in the Wind' von 'Bob Dylan' entschieden. Einfach zu singen und mit garantiertem Gänsehautfaktor.

Und was soll ich sagen, es hat super funktioniert! Es haben erstaunlich viele mitgemacht, das Lied hatte am Ende 26 Strophen. Fast jeder der an meiner kleinen Ecke vorbeikam ist zumindest stehen geblieben und hat eine Weile zugeschaut, die, die mitgesungen haben, hatten jede Menge Spaß. Am besten ich spiele es dir einfach vor." Mit diesen Worten starte ich den MP3-Player und wippe mit den Füßen im Takt zur Musik.

Teugel ist zwar äußerlich keine Regung anzusehen, aber ich bin mir sicher, ihm gefällt es auch.

Raus aus der Schublade!

Draußen regnet es mal wieder Hunde und Katzen. (Warum nur habe ich bei Schreiben dieses Satzes direkt possierliche Tierchen vor Augen, die einen wirklich, wirklich üblen Bad Hair Day haben?) Der perfekte Tag also, um die Wohnung mal wieder so richtig auf Vordermann zu bringen.

Beim Aufräumen und Umsortieren einer Kommode fällt mir spontan der Satz eines Freundes von wenigen Tagen zuvor ein.

"Es ist ok, jemanden in eine Schublade zu stecken, solange man ihm eine faire Chance gibt wieder aus der Schublade raus zu kommen." murmele ich vor mich hin. Dann suche ich den Blickkontakt zu Teugel, kann den Stoffschafsbock aber nirgends entdecken. "Egal", denke ich, "er wird schon irgendwo in dem unordentlichen Haufen aus Klamotten, Decken und Kissen auf meinem Sessel stecken." Normalerweise thront er tagsüber auf meiner säuberlich zusammengerollten und mit einer grünen Tagesdecke abgedeckten Bettdecke und beobachtet jede einzelne meiner Regungen. Aber da ich im Zuge des Wohnungsputzens auch das Bett abgezogen habe und die Bettdecke zum Auslüften aus dem Fenster hängt, musste er kurzfristig auf den Sessel umziehen. Den habe ich nämlich kurzerhand zur Ablagefläche für alles umfunktioniert, was beim Putzen und Aufräumen sonst nur im Weg rumstehen würde. Teugel habe ich eigentlich oben auf die Sessellehne gestellt, aber er hasst putzen noch mehr wie ich und hat es wohl vorgezogen sich zu verkriechen, bis alles vorbei ist. Nicht das ich noch auf die völlig absurde Idee komme, ihn mitzusäubern.

Rede ich eben etwas lauter "Ich habe lange über diesen Satz nachgedacht", sage ich, "und ich denke er stimmt. Wir benötigen Schubladen um unser Leben ordnen zu können, um die Vielfalt unserer Beziehungen zu anderen Menschen etwas weniger im Chaos versinken zu lassen. Um in der Vielfalt der Eindrücke die auf uns einprasseln den Überblick zu behalten, um Wichtiges von Unwichtigerem trennen zu können. Um schlussendlich entscheiden zu können, ob und wie viel Zeit wir bereit sind zu investieren, und wann, um uns mit dem Gegenüber, mit dem aktuellen Gegenstand zu beschäftigen. Manchmal geht es ganz schnell, spontan, jemand oder etwas in eine bestimmte Schublade zu stecken, manchmal ist es eine wohlüberlegte Entscheidung basierend auf vielen Erfahrungen.

Die Schublade selber kann von uns positiv oder negativ belegt sein. Wir haben sozusagen Schubladen die wir immer wieder gerne aufziehen und darin stöbern und andere, die wir am liebsten für immer zu lassen würden. In jedem Fall aber könnten wir von vornerein die falsche Schublade erwischt haben, oder aber die Schublade passt irgendwann nicht mehr, weil sich dieser Jemand geändert hat oder aber auch wir uns in unseren Ansichten geändert haben. Deshalb sollten wir alle unsere Schubladen von Zeit zu Zeit öffnen und nachschauen, was sich darin so alles angesammelt hat, im Laufe der Zeit. Haben wir das Gefühl, die Schublade passt nicht mehr richtig für einen bestimmten Inhalt, sortieren wir diesen lieber in eine besser passende Schublade ein, sonst herrscht bald nur noch Chaos in unserer Beziehungs-Kommode."

Vor mir liegt inzwischen ein großer Haufen Gegenstände, bei denen ich mich noch nicht entschieden habe, in welcher Schublade meiner Kommode sie zukünftig stecken sollen.

"Weißt du Teugel, mir gefällt dieses Bild mit den Schubladen und dem Umsortieren auch viel besser als die berühmt-berüchtigte 2. Chance. Die gibt nämlich im Prinzip ziemlich einseitig dem Gegenüber die Schuld an einer Situation, sei es eine ganz bestimmte greifbare oder ganz allgemein der aktuelle Zustand unserer Beziehung. Eine 2. Chance geben beinhaltet, dass mein Gegenüber einen Fehler gemacht hat und ich ihm großmütig wie ich bin die Gelegenheit gebe, es im 2. Versuch richtig zu machen. Ist für mein Ego natürlich super, weil ich mich nicht mit der Frage auseinandersetzen muss, ob nicht ich auch durch mein Verhalten, meine Reaktionen zu dieser Situation beigetragen habe. Aber ist in den meisten Fällen eben auch nicht fair.

Bei dem Schubladensystem sind hingegen beide in der Verantwortung. Ich sortiere mein Gegenüber in eine bestimmte Schublade aufgrund dessen Verhalten und meiner Vorlieben, Erfahrungen, Stimmungen und so weiter.

Überprüfe ich immer wieder ob diese Einsortierung noch passt gebe ich ihm die Chance auf einen Platz in einer besseren Schublade (also einer die ich immer wieder gerne aufziehe) aufgrund von Änderungen von ihm und mir.

"Verstehst du den Unterschied", frage ich in den Raum. "Ich versuche es mal mit einem Beispiel. Du und ich streiten uns heftig, weil du mir nie beim Spülen hilfst und ich kündige dir die Freundschaft. Beim 2. Chance Modell würde ich dann sowas sagen wie 'Teugel, ich verzeihe dir und gebe dir eine 2. Chance wenn du mir künftig beim Spülen hilfst.'

Beim Schubladenmodell würdest entweder du zu mir sagen 'Ich helfe dir in Zukunft beim Spülen, wieder Freunde?' oder aber ich würde vielleicht merken, dass du ja auch gar kein Geschirr dreckig machst und sowas sagen wie 'Tut mir Leid, war albern von mir, dich wegen dem dreckigen Geschirr anzumachen, wieder Freunde? Vielleicht magst du mir ja trotzdem ab und zu beim Spülen helfen?'

Naja ist jetzt nicht das Beste Beispiel, aber ich denke, mein Punkt ist klargeworden."

Teugel bleibt nach wie vor verschwunden.

"Nagut, ok, natürlich könntest du beim 2. Chance Modell auch einfach antworten 'Und ich gebe dir eine 2. Chance wenn du endlich schnallst, dass du der Einzige hier bist, der das Geschirr dreckig macht!' Aber du siehst, hier stünden jetzt 2 Forderungen im Raum, über die wir uns erst wieder einigen müssten.

Aber das mir den Schubladen gilt ja nicht nur für so was unendlich kompliziertes wie menschliche Beziehungen.

Beispielsweise bei meinem Lieblingsthema Musik. Wenn ich nur daran denke, was ich noch vor zehn Jahren an Musik und Musikern gut fand, womit ich heute nicht mehr viel anfangen kann. Und wie viele Lieder und Künstler ich vor 10 Jahren schrecklich fand, die mir heute gefallen. Zumindest die Lieder haben sich nicht geändert, wohl aber ich und mein Musikgeschmack.

Wären meine Einsortierungen in die Schubladen in Stein gemeißelt, würde ich trotz dieser Änderungen hauptsächlich noch immer das hören, was ich vor zehn Jahren schon gehört habe.

Dann hätte ich bestimmten Musikstilen gar keine Chance gegeben, weil ich sie in einer Phase meines

Lebens in eine der großen Schubladen 'Gefällt mir nicht' oder 'Gequirlte Scheiße' gesteckt habe. Und das wäre nun wirklich schade gewesen, so manche Perle wäre mir dadurch entgangen."

Ich schalte meine Stereo-Anlage an, dreh auf und räume beschwingt und singend weiter auf. Teugel taucht tatsächlich nach einiger Zeit unter all den Decken und Teppichen wieder auf. Ich sehe ihm an, wie froh er ist, nochmal meiner temporären Putzwut entkommen zu sein.

Unversandte Briefe

Beim Aufräumen meiner Kommode ist mir ein Bündel alter Briefe in die Hände gefallen. Briefe die ich zwar geschrieben aber nie abgesandt habe. Neugierig blättere ich sie unter den wachsamen Augen Teugels durch.

Ich finde Texte, die je nach Anlass tröstend, anklagend, verletzend, aufbauend, nachdenklich, erklärend sind, in denen lange unausgesprochenes ausgesprochen wird, in denen scheinbare Missverständnisse ausgeräumt werden, seltsames Verhalten erklärt wird, meinem Frust Luft verschafft wird.

Texte, die mir im Moment des Schreibens wichtig waren und es teilweise auch lange danach immer noch sind, von deren Inhalt ich gerne hätte, dass er der adressierten Person bekannt ist. Und dennoch habe ich diese Texte nie abgesandt, weder auf Papier geschrieben, noch in elektronischer Form. Stattdessen sind sie "sicher" verwahrt, auf meiner Festplatte gespeichert oder im Kästchen der persönlichen Erinnerungen eingeschlossen.

Nicht abgesandt, weil die gutgemeinten Worte die Trauer nicht gemildert hätten, weil die bösen Worte nicht verletzten sollten, weil ich mir nicht einfach das Recht nehmen möchte mich einzumischen, weil manches besser unausgesprochen bleibt, weil das Missverständnis keines war, weil nicht alles erklärbar ist, weil der Frust schon durch das Niederschreiben verraucht war.

Nicht abgesandt aus Angst den aktuellen Status der Freundschaft, der Beziehung, mit dem ich mich arrangiert habe, dauerhaft zu verändern, ohne Möglichkeit jemals zu diesem zurückzukehren, jemanden zu verlieren, der mir wichtig ist.

Nicht abgesandt aus Angst nicht verstanden zu werden, vor den vorwurfsvollen Blicken, dem bedeutungsschwangerem Schweigen, dem ahnungslosen Schulterzucken.

Ich schaue meinen stoischen Stofffreund an. "Findest du es albern, dass ich all diese Briefe aufgehoben haben? Und wenn schon, all diese unversandten Briefe erinnern mich stets daran, dass es nicht einfach ist gute Freunde zu finden und zu behalten."

Wer mit der Bahn reist, hat wenigstens was zu erzählen

„Eines der letzten Abenteuer der Menschheit wartet auf mich!" grinse ich Teugel an. Er sieht mich nur wissend und leicht genervt mit hochgezogenen Augenbrauen an. Würde er zumindest, hätte er sowas wie Augenbrauen überhaupt. Ich glaube wenigstens, dass er keine hat. Bislang konnte ich jedenfalls keine im Fellwirrwarr rund um sein Gesicht ausmachen.
Der Grund für seine, nunja vorsichtig ausgedrückt, zurückhaltende Reaktion ist, dass ich diesen Spruch ihm gegenüber fast jedesmal bringe, wenn ich per Bahn verreise. Aber ein Fünkchen Wahrheit steckt doch drin – es ist bei jeder Fahrt aufs Neue

spannend ob man sein Ziel einigermaßen pünktlich oder überhaupt erreicht. Meistens kommt man ja auch tatsächlich pünktlich an, nur vorher wissen tut man es halt nicht.

Ich packe meinen ferrariroten Rollkoffer und die Umhängetasche mit meinem Reiseproviant und was ich sonst so im Zug brauche und gehe Richtung Wohnungstür. Denn normalerweise begleitet mich mein treuer Schafbock und Freund nicht auf meine Reisen. Doch diesmal ist es anders geplant. Also mache ich nochmal kehrt und packe das mich mit vorwurfsvollen Blicken tötende Stofftier ein. „Warum hast du denn nichts gesagt, nicht gerufen?" frage ich ihn etwas gereizt. „Ich habe gerade echt tausend andere Dinge im Kopf, denk doch wenigstens einmal mit und mache es mir nicht ständig so schwer!" Ich falle in einen leichten Laufschritt. Wie immer bin ich spät dran und muss mich beeilen die Zubringer S-Bahn zu erreichen.

Außer Atmen komme ich an der S-Bahn-Haltestelle an, ich war noch nie sonderlich sportlich, und kann gerade noch in den Zug steigen, bevor die Türen schließen. Aus dem Fenster sehe ich ein neues

Graffiti auf der Lärmschutzmauer hinter den Gleisen: „Break down the wall inside your head!" Na toll, jetzt habe ich auch noch direkt einen Ohrwurm – den gleichnamigen Song von „Russkaja". Aber es gibt schlimmeres, das Lied ist einer meiner aktuellen Lieblingssongs. Ich beginne im Takt mitzuwippen und schmunzele bei der Vorstellung wie das auf die anderen Fahrgäste wohl wirken muss. Schließlich habe ich keine Kopfhörer auf und höre die Musik nur in meinem Kopf. Ob ich wohl die falsche „wall inside my head" abgerissen habe? Selbst wenn, normal kann schließlich jeder! Dem versonnenen Lächeln Teugels nach zu urteilen, hört er gerade ebenfalls seinen persönlichen Ohrwurm.

Inzwischen sind wir am Hauptbahnhof angekommen. Fast hätte ich den Ausstieg verpasst, so sehr war ich in meiner eigenen Gedankenwelt versunken.

Kaum aus der S-Bahn ausgestiegen fällt mir auf, dass ich vergessen habe, den Reiseproviant auch tatsächlich in meine Umhängetasche zu packen. Und ich hatte mich noch gewundert, wie gut mein Schafbock in die Tasche gepasst hat. Es guckt nur noch sein Kopf raus, aber das genügt auch um was von der Reise mitzubekommen. Muss ich halt doch am Bahnhof was kaufen gehen, auch wenn es knapp wird. Denn man sollte nie ohne Essensvorräte in ein Abenteuer starten. Das musste ich bereits am eigenen Leib erfahren, aber das ist eine andere Geschichte.

Bereits zum zweiten Mal außer Atem, komme ich kurz vor der fahrplanmäßigen Abfahrt des ICEs am Gleis an. Perfekt. Laut Anzeigetafel kommt er gleich pünktlich eingefahren. Doch halt, was ist das? Die Anzeigetafel ist plötzlich umgesprungen. Jetzt steht dort als nächster Zug eine Regionalbahn, der ICE wird als nachfolgender Zug angezeigt, die Uhrzeiten sind jedoch unverändert.

Allen Leuten, denen das bereits aufgefallen ist, stehen die Fragezeichen ins Gesicht geschrieben. Jetzt wird auch die Ankunft der Regionalbahn über die Lautsprecher durchgesagt. Vom ICE hingegen kein Wort.

Ich ziehe mein Smartphone aus der Hosentasche und starte die Bahn App. Komisch, hier steht der ICE auch noch mit der Original-Abfahrtszeit drin. Auch das Gleis ist richtig. Bevor ich der Sache weiter auf den Grund gehen kann, knarzen die Lautsprecher erneut. Diesmal gibt es endlich eine

Durchsage zu meinem ICE: „Aufgrund einer technischen Störung hat der ICE Nummer 0815 eine Verspätung von 10 – 15 Minuten."

Es ist inzwischen eine latente Agressivität auf dem Bahnsteig zu spüren. Dessen ungeachtet lächle ich leicht überheblich Teugel an „Was habe ich dir gesagt? Abenteuer! Und es beginnt heute schon vor der Abfahrt!"

Eine viertel Stunde später ist von meinem ICE immer noch nichts zu sehen. Die Anzeigetafel zeigt nun zwar eine Verspätung an, spricht aber unbeirrt der Tatsache, dass es zeittechnisch überhaupt keinen Sinn ergibt, von 5 Minuten.

Ein paar Schritte weiter diskutiert ein etwas molligeres Mädchen, so um die 20, heftig mit einem zufällig auf dem Bahnsteig rumstehenden Bahnmitarbeiter. Der versucht mit einem sanften Lächeln der erregten jungen Frau zu helfen und sie zu beschwichtigen, dringt aber mit seinen Worten gar nicht bis zu ihr vor.

Ich zwingere Teugel verstohlen zu „Frauen – sie können entweder emotional sein oder klar denken. Beides gleichzeitig geht wohl nicht!" Mein Schafsbock zieht mal wieder vor, diplomatisch zu schweigen. „Du hast aber schon verstanden, was ich mit emotional meine, oder? Liebe oder Wut, beides sorgt dafür, dass ihr Gehirn in den Standby-Modus wechselt." Keine Reaktion. „Ach komm schon, so übel war der Spruch jetzt auch nicht. Wie wäre es mit ein bisschen Lächeln? Ist ganz einfach, du musst nur die Mundwinkel Richtung Augen ziehen."

Ich wende meinen Blick von ihm ab und schiele zu dem wütenden Mädchen rüber. Die stapft inzwischen völlig aufgebracht auf dem Bahnsteig umher, rechts, links, rechts, links, …, und schimpft vor sich hin. Sie ist eigentlich ganz hübsch anzuschauen. Ich überlege kurz, ob ich sie ansprechen soll, traue mich aber wieder mal nicht.

Mein Hadern wird von einer knarzigen Lautsprecherdurchsage unterbrochen „Auf Gleis 4 hat nun chrrrrrrfahrt der ICE 0815, chr chr chrrrrrchr fahrplanmäßige Abfahrt 9 Uhr 28. On Track 4 chrrr…" Ich ziehe mein Handy aus der Tasche um auf die Uhr zu schauen. Teugel, der mich beobachtet hat, blickt bedeutungsschwanger zur Bahnhofsuhr, die unübersehbar wenige Meter von mir entfernt hängt. „Ja, ja, schon gut. Ich hätte auch einfach da rüber gucken können. Ändert aber nichts daran, dass wir inzwischen 35 Minuten Verspätung haben und dabei sind wir noch nicht einmal aus dem Bahnhof hier rausgekommen!" „Ja, eine Unverschämtheit! Mein Anschlusszug in Frankfurt kann ich so natürlich vergessen!"

Ich schaue überrascht hoch. Die Stimme war eindeutig weiblich, wenn auch leicht rauh und kratzig, so wie in den Western aus den 50ern, 60ern die Bar- und Amüsierdamen mit Zigaretten in langen Haltern immer klingen. Das hübsche, junge, mollige Mädchen steht neben mir. Sie hat offensichtlich nicht bemerkt, dass ich mit meinem Stofftier gesprochen hatte.

„Äh ja." Kein gerade sehr sinnvoller Beitrag zu einem potenziellen Gespräch, also beeile ich mich nachzuschieben „Haben sie noch eine weite Reise vor sich?" Sie wirft mir einen Killerblick zu. „Ohne die großartige Bahn wäre sie deutlich kürzer!" „Naja, es ist ja noch früh am Tag", wage ich einzuwerfen, während ich in den Zug steige. Sie stutzt kurz, lächelt dann leicht „Stimmt. Nerven tut es trotzdem."

„Ja. Aber ändern können wir es eh nicht mehr, nur das Beste draus machen."

Mit diesen Worten mache ich mich auf die Suche nach meinem Sitzplatz. Kaum sitze ich, versuche ich mich ins WLAN des Zuges einzuloggen. Ich kichere leise, als ich den Zugangpunkt wähle: „Wifionice". Lässt sich hervorragend auch als „Internet auf Eis" lesen.

Meine Provianttasche mit Teugel stelle ich neben mir auf die Lehne. „So mache es dir gemütlich, wir sitzen hier die nächsten 4 Stunden."

Uns gegenüber sitzen zwei Teenie-Mädchen und starren auf ein Tablet, den Kopfhörer teilen sie sich. Ich packe meinen Laptop aus, da ich die Zeit der Zugfahrt zum Arbeiten nutzen möchte. Teugel ist gerade sowieso nicht gesprächig.

„Hier noch frei?" Die rauchig-verruchte Stimme von vorhin. Sie klingt immer noch genervt. „Äh ja, natürlich. Das ist ja ein Zufall", stammle ich. „Wieso Zufall? Sonst ist ja alles bereits belegt!", faucht sie, als ob es meine höchstpersönliche Schuld wäre, dass der ICE komplett überfüllt ist. Ich seufze leise. „Ja dann …" sage ich und drehe mich demonstrativ zum Fenster weg.

Nach etwa 20 Minuten stupst sie mich leicht an „Es tut mir wirklich Leid, das vorhin war nicht so gemeint. Nur wenn ich gestresst bin, naja, dann…" Sie zuckt mit den Schultern und versucht sich an einem Lächeln. „Schon gut" sage ich.

Der Schaffner meldet sich über die Lautsprecheranlage und vermeldet, dass der ICE wegen einer ungeplanten Streckensperrung eine Umleitung fahren muss. Das Mädchen neben mir scheint schon wieder vor Wut explodieren zu wollen. Beschwichtigend sage ich schnell „Ist doch auch schon egal, Hauptsache wir haben einen Sitzplatz." und deute auf die vielen Reisenden, die im Gang stehend den Platz mit überbreiten Koffern teilen. Sie nickt leicht. „Wenn ich die Fahrt jetzt auch noch stehen müsste würde ich wohl tatsächlich zur Mörderin" Ich glaube ihr das aufs Wort. Mit leichtem Schmunzeln sage ich „Sehen Sie, es könnte alles noch schlimmer sein."

Sie beginnt zu grinsen „Wieso, schließlich wäre ja Ich nicht die Tote." Da kann ich ihr schlecht widersprechen.

Nach einer kurzen Pause meint sie „Hätten sie was dagegen, wenn wir uns Duzen?" Ich mustere sie und sage mit todernster Miene „Naja, eigentlich bestehe ich ja auf die Anrede mit Sie und Dr." Ihr Gesichtsausdruck daraufhin ist zum Schießen. Ich lache auf „Quatsch, von mir aus können wir gerne Du zueinander sagen, ich mag dieses Gesieze eh nicht. Ich bin Tobi" und strecke ihr meine Hand entgegen. Sie grinst und nimmt meine Hand „Super, ich bin Anni".

Währenddessen fangen die beiden Teenie-Mädels uns gegenüber unvermittelt an, mir Grimassen zu schneiden. Unter anderem einen Kussmund nach dem Anderen und sehr laszive Augenaufschläge. Ich stupse meinen Schafsbock an und versuche seine Aufmerksamkeit auf die Beiden zu lenken. Ich flüstere grinsend „Schau mal, die scheinen mich wohl heiß zu finden!" Teugel würdigt mich keiner Antwort dafür Anni „Was hast du gesagt?" „Öhm, ich … ich habe nur mit mir selber geredet" lächle ich verlegen. Ich denke nicht, dass sie verstehen würde, dass ich mit einem Stofftier rede. Die Mädels gegenüber sind sehr ausdauernd im grimassieren, also beginne ich nun meinerseits ihnen Fratzen zu schneiden. Wir steigern uns zu immer ausgefalleneren Gesichtsausdrücken. Irgendwie scheint es die Mädels allerdings zu irritieren, dass ich ebenfalls Grimassen schneide. Anni beugt sich zu mir rüber und meint leise „Was machst du da eigentlich?" „Wieso? Die beiden gegenüber scheinen in Flirtlaune zu sein, also tue ich den Gefallen und spiele mit."

„Ähm nein! Die machen gerade irgendein Handy-Video, wahrscheinlich für Tic Tac oder wie das heißt" „Oh! Das erklärt natürlich warum die mich zwischendurch so komisch angeschaut haben" Meine Ohren werden ganz warm, ich laufe wohl gerade ziemlich rot an. Anni kichert. „Du bist mir vielleicht ein Vogel!"

Zum Glück stehen die Mädels gerade auf um Auszusteigen, nicht ohne mir einen langen, verächtlichen Blick zuzuwerfen. Laut Durchsage des Schaffners haben wir inzwischen 50 Minuten Verspätung, zumindest wenn ich ihn richtig verstanden habe.

Als sich die aus- und einsteigenden Menschenmassen einigermaßen sortiert haben und der Zug wieder Fahrt aufgenommen hat, deutet Anni unvermittelt auf Teugel und frägt „Und wer ist das?" Die smaragdgrünen Augen meines weißbefellten Freundes glitzern auf. Offenbar gefällt ihm Anni ebenfalls. „Ach du meinst den vorlauten Schafsbock hier? Das ist Teugel. Ist seine erste Bahnreise, deswegen ist er heute ausnahmsweise mal leise."

„Und wer bekommt den kleinen Racker? Deine Tochter oder dein Sohn?" „Nein, nein, ich habe keine Kinder, der gehört mir." „Aha. Nun, wie heißt es so schön: Jedem Tierchen sein Plaisierchen. Ach da ist ja schon Frankfurt, das ging jetzt schneller als erwartet." Sind ja auch nur eine Stunde und zehn Minuten Verspätung denke ich. „Ja. Wünsche dir eine gute Reise weiterhin." „Ich dir auch, melde dich doch mal, hat Spaß gemacht mit dir zu quatschen" sagt Anni und ist kurz darauf mit ihrem Gepäck schon Richtung Ausgang entschwunden.

Noch ca. zwei Stunden, dann bin auch angekommen. Ich kraule Teugel versonnen den Kopf. „Na habe ich dir zu viel versprochen? War jetzt doch ein schönes Erlebnis, man darf nur nicht so verbissen an das Reisen rangehen. Und wenn du im Stau stehst, sammelst du auf die Entfernung auch ganz schnell ein paar Stunden Verspätung."
Ich klappe den unbenutzen Laptop zu und stecke ihn in meinen Rucksack. Jetzt lohnt es sich auch nicht mehr, irgendwas anzufangen.
„Weißt du was? Ich Blödmann habe natürlich wieder mal vergessen, mit ihr Nummern zu tauschen." Seufzend lehne ich mich im Sitz zurück und schließe die Augen.

Mrs. Right
und die
Freundschaft

"Eine Sechs!" jubiliere ich, ziehe meine Figur auf dem Mensch-Ärger-dich-Nicht Spielfeld vor und schmeiße eine von Teugels Figuren raus. Dieser schaut mich leicht mürrisch an. Wenn er mit den Schultern zucken könnte, würde er es jetzt bestimmt tun. Ich glaube, mein Lieblingsstoffschafbock spielt gerne mit mir. Vor allem, da ich das meiste "Geschäft" habe. Er macht keinen Finger äh, keine Klaue krumm! Ich muss für ihn würfeln und ziehen. Und meistens gewinnt er auch noch. Er ist einfach der taktischere Spieler von uns beiden.

Mein Blick fällt auf die heutige Zeitung. "Jetzt hat die NSA sogar Merkels Handy ausspioniert! Also nicht das, was sie für wichtige

Regierungsbesprechungen nutzt sondern nur das für Parteigespräche, aber trotzdem. Angeblich schon seit 2002. Hmm, wie war doch gleich noch die Begründung für die Totalüberwachung?" Teugel hüllt sich in beredtes Schweigen. "Ach ja genau - Terrorismusbekämpfung. Da sie das Handy unserer Bundeskanzlerin gezielt abgehört haben, gilt sie demnach zumindest für die amerikanischen Geheimdienste wohl als Terroristin, sehr interessant.

Ein Gutes hat das Ganze ja, unsere Regierung scheint endlich etwas verschnupfter zu reagieren. Solange nur die "kleinen" Bürger betroffen waren, hat sie das Ganze nämlich nicht sonderlich interessiert.

Du frägst dich, warum sie sich trotzdem immer noch stark zurückhalten? Weil fast unsere komplette technische Infrastruktur direkt oder indirekt von amerikanischen und chinesischen Firmen abhängt. Fast alle PC und Handybetriebssysteme stammen von amerikanischen Firmen, es gibt kein Elektrogerät in der nicht irgendein Bauteil oder eine Bauteilgruppe aus außereuropäischer Produktion stammt. Wir können es uns schlichtweg nicht leisten, die Amerikaner zu verärgern!"

Ich würfele erneut und ziehe meine Figur weiter. Dann halte ich Teugel den Würfelbecher hin. "Du bist dran! Probiers doch einfach mal selber, so schwer ist das nun wirklich nicht!" Teugel verzieht wieder mal keine Miene. "Sturer Bock" schimpfe ich und würfel für ihn. "Da eine Eins, das hast du nun davon", lache ich, bis ich bemerke, dass er mich genau mit dieser Eins rausschmeißen kann.

"Na du bist mir ja ein toller Freund", murmele ich. "Apropos Freund. 'Unter Freunden macht man das nicht, das gehört sich nicht' schallt es überall, wenn es um die NSA Affäre geht. Tja unter Freunden, stimmt. Aber das Wort Freund bzw. Freundschaft wird inzwischen so inflationär verwendet, dass es droht seine eigentliche Bedeutung zu verlieren. Jeder noch so entfernte Bekannte ist auf einmal ein Freund, sobald ich ihn in irgendeinem der sozialen Netzwerke zu meiner Kontaktliste hinzufüge. Und ich habe das Gefühl, dass sich das auch immer stärker auf unser Leben außerhalb des Netzes auswirkt. Es scheint mir, als würden Freundschaften heute zwar schneller aber dafür auch viel oberflächlicher eingegangen. Frei nach dem Motto, ist eigentlich völlig egal ob ich meinen

einen Freund verärgere, es warten ja noch 300 weitere.

Und das finde ich wahnsinnig Schade. Weißt, du, Freundschaft bedeutet für mich viel mehr als einfach nur gut miteinander auskommen.

Für mich gibt es kein wertvolleres Geschenk als echte, ehrliche Freundschaft. Ein verlorener oder kaputt gegangener Gegenstand, mag er noch so teuer und einzigartig sein, kann irgendwie ersetzt werden, ein Freund oder eine Freundin nicht. Jeder hat seine eignen Macken und tollen Seiten und ist in seiner Gesamtheit einzigartig und unersetzlich."

Teugel scheint auf etwas zu warten. "Was schauts du mich denn so an, bist du anderer Meinung?" Dann fällt bei mir der Groschen. "Ach du wartest darauf, dass ich würfle und weiterspiele? Tja, da du mich ja alles alleine machen lässt, musst du dich wohl oder übel an mein Tempo anpassen. Aber okay..." Ich lass den Würfel im Becher kreisen und werfe eine fünf. "Ja! Damit bekomme ich meinen ersten Mann ins ... Mist! Ich hätte eine vier gebraucht." Ich stell die Spielfigur zurück auf ihren Platz. "Du bist dran, ich habe wie du siehst kein weiteres Männchen draußen!"

Ich schüttel den Würfelbecher für Teugel und nehm den Gesprächsfaden wieder auf: "Jeden einzigen Freund, jede einzige Freundin den oder die ich bisher verloren habe, aus welchen Gründen auch immer, vermisse ich und wie oft habe ich mir schon gewünscht, die Ereignisse, die zum Zerbrechen der Freundschaft geführt haben, rückgängig machen zu können. Aber das geht oft nicht. Worte die gesagt wurden, Taten die gemacht wurden, können nicht einfach so wieder zurückgenommen werden. Manches kann man seinem Gegenüber verzeihen, seinen Freunden auch manches mehr. Anderes im Laufe der Zeit gnädig vergessen, aber jedes einzelne unschöne Ereignis, jedes böses Wort nagt ein bisschen am Fundament der Freundschaft, bis es vielleicht zu spät ist, diese noch zu retten.

Ich meine, klar muss eine Freundschaft auch den ein oder anderen Streit aushalten können, Diskussionen sind das Salz in der Beziehungssuppe. Und das sag ich als Harmonie-Suchti. Aber man sollte ihn auch sauber beenden.

Es ist doch so einfach, es sind nur vier Worte "Es tut mir Leid!", aber aus irgendeinem unerfindlichen Grund kommen sie vielen, inklusive mir, nur sehr sehr schwer über die

Lippen. Warum? Ist es nicht mehr "in" sich zu entschuldigen, oder fällt es uns womöglich gar nicht mehr auf, dass wir dem anderen Unrecht getan haben, ihn vielleicht mit unseren Worten oder Taten verletzt haben? Oder ist es die ständige Angst, zu weit gegangen zu sein, so weit, dass auch die vier Worte nicht wieder gut machen können was passiert ist?

Werden diese vier Worte aber nie ausgesprochen, wird das Verhältnis zur entsprechenden Person immer stärker vergiftet, zumindest was mich angeht, mir ist das irgendwie ziemlich wichtig. Tja und das Ergebnis ist, dass aus guten Freundschaften über die Zeit Freundschaften dann Bekanntschaften und irgendwann nix mehr wird – das ist sehr schade und ließe sich einfach vermeiden."

Ich ziehe Teugels Spielfigur 3 Felder weiter. Bei den Würfen für mich ist weder eine sechs noch eine vier dabei, so dass ich gar nicht ziehen kann. "Teugel, du bist ein unverschämter Dusselschubser, so wie es aussieht gewinnst du schon wieder! Du weißt aber schon wie es heißt oder? Das Glück ist mit den...", ich schaue meinen Freund aus Plüsch an, "... ne nicht mit den

Schafsböcken, also bei Sprichwörtern hast du eindeutig noch Nachholbedarf!

Na jedenfalls" fahre ich fort, "Sollte man sich andererseits auch nur entschuldigen, wenn man es ernst meint, denn fast nichts ist schlimmer wie eine gedankenlos dahin geschluderte Entschuldigung. Tja und da kommt eines meiner Dilemmas, denn oft bereue ich zwar die Wahl der Worte mit denen ich etwas gesagt habe, nicht aber den Inhalt, hinter dem ich meistens 100% stehe. Also wie soll ich mich da entschuldigen – für die Wortwahl aber nicht den Inhalt entschuldigen klingt immer so komisch und wird auch nicht von allen verstanden. Was das jetzt mit der NSA Affäre zu tun hat? Jede Freundschaft basiert auf Vertrauen und das dürfte nun endgültig dahin sein. Wie soll man denn jemandem Vertrauen, der einem selbst nicht vertraut? Wäre es anders, dann hätte die NSA nicht die Regierung der Bundesrepublik ausspioniert. Da muss nun wieder sehr viel Zeit in einen Neuaufbau der Freund bzw. Partnerschaft investiert werden."

Wir spielen die Partie schweigend zu Ende, da jeder von uns seinen eigenen Gedanken nachhängt.

Natürlich gewinnt Teugel das Spiel, insgeheim vermute ich ja, dass mein Freund jeden vierblättrigen Klee in der näheren und weiteren Umgebung gefressen hat. Das würde zumindest sein unverschämtes Glück erklären.

Da der Abend noch jung ist, beschließen wir eine Runde Poker zu spielen. Ausgerechnet Poker! Ich kenne niemanden, wirklich niemanden, der so ein ausgebufftes Pokerface wie mein weißbefellter Freund macht. Seufzend teile ich die Karten aus. Als ich meine 2 Karten aufnehme huscht unwillkürlich ein Lächeln über mein Gesicht: Herz-Ass und Herz-König, vielleicht habe ich ja diesmal wenigstens beim Pokern eine Glückssträhne. Schnell setzte ich unser Gespräch von vorhin fort, in der Hoffnung Teugel genug ablenken zu können, bevor er erkennt was mein Lächeln bedeutet hat.

"Wo wir es gerade von Freundschaft haben. Kannst du mir sagen, wie man(n) nun seine Mrs. Right findet?" Ich schaue dem Schafbock tief in die smaragdgrünen Knopfaugen, während ich meinen Starteinsatz in die Mitte des Tisches lege. "Natürlich nicht! Keiner kann das, zumindest keiner, der nicht auf obskure Art und Weise Geld verdienen möchte! Jedenfalls führt eine krampfhafte Suche nach dem perfekten Partner bestimmt nicht zum Erfolg. Aber es ist doch schon seltsam, warum verliebe ausgerechnet ich mich immer in die Falsche?"

Ich lege für Teugel ebenfalls einen Einsatz in die Mitte und decke danach den Flop auf. Herz-neun, Herz-zehn und Kreuz-Ass. Ich ziehe scharf die Luft durch die Zähne. Was für ein Blatt! Also wenn ich die Runde nicht gewinne, dann weiß ich auch nicht. Ich erhöhe gleich mal um 500. Wenn schon, denn schon. Ich mustere den Schafbock. Er scheint mitgehen zu wollen, also lege ich auch von ihm 500 in den Pot.

"Du hast natürlich recht," sage ich, "man verliebt sich nicht in die Falsche. Nein, man verliebt sich in die Richtige, in die, bei der alles genau passt, die Art, der Stil, der Charakter, das Aussehen – kurz in diejenige, die man irgendwie mag. Zumindest in diesem magischen Augenblick, wo einem klar wird, dass man mehr für die Person gegenüber empfindet.

Leider bedeutet das aber nicht unbedingt, dass der Gegenüber genauso empfindet oder dass es tatsächlich die Liebe des Lebens wird. Das "falsche" ist nicht die Person, in die man sich verliebt, sondern höchstens die Umstände, das ganze drumherum.

Sicher, Fernbeziehungen sind modern und in unserer heutigen Welt, die ein Höchstmaß an Flexibilität fordert, vermutlich nicht vermeidbar, aber wenn es deswegen nicht klappt, war Sie dann die Falsche?

Natürlich kann ein (großer) Altersunterschied diverse Probleme verursachen, wenn daran die Liebe scheitert, war Sie dann wirklich die Falsche?

Wenn Sie nicht dasselbe empfindet wie man selber, ist Sie dann die Falsche?"

Mein Schafsbock schweigt wieder mal, wie so oft. "Könntest ruhig auch mal was sagen!" Ich schaue auf den Pot. "He, du hast ja nochmal erhöht!" Ich lege die Differenz in die Mitte. Heute will er es wohl wissen. Aber das kann er fast nicht mehr gewinnen. Ein siegesgewisses Lächeln schleicht sich auf meine Lippen als ich als nächste Karte, den Herz-Buben aufdecke. Einen Flush habe ich sicher und zum Royal Flush fehlt nur eine Karte.

"Ich behaupte nein", nehme ich den Faden wieder auf, "denn weder man selber, noch der andere können etwas für die äußeren Umstände.

Ich gehe sogar noch einen Schritt weiter – selbst wenn sich im Laufe einer Beziehung herausstellt, dass der Partner doch nicht der ist, für den man ihn gehalten hat, war er nicht der "Falsche". In dem Moment, in dem man sich in ihn verliebt hat, war er der "Richtige", das alleine zählt. Dass, was ihn dann zum scheinbar "Falschen" macht, sind entweder Sachen, die man erst später an ihm entdeckt, zum entsprechenden Zeitpunkt also gar nicht wissen konnte, oder aber für unwichtig hielt. Du hältst das Ganze für Wortklauberei? Mag sein, Ich jedenfalls sehe es als eine andere, für einen selber angenehmere, Betrachtungsweise.

In dem Moment, wo man sich frägt, warum verliebe ich mich in den Falschen gibt man sich (mit) die Schuld daran, dass es mit der Liebe nicht klappt. Sobald man aber den besonderen Umständen die Schuld gibt und nicht sich selber und/oder der Auserwählten kann man viel leichter nach vorne schauen und einen erneuten Versuch in das große Abenteuer wagen. Umstände lassen sich einfacher ändern als Menschen."

Ich erhöhe nocheinmal kräftig den Einsatz und Teugel geht erneut mit und erhöht ebenfalls. Ich kann mein Glück kaum fassen, wenn das so weiter geht, habe ich ihn direkt in der Ersten Runde bankrott gespielt. Ich versuche krampfhaft in meinem Gesicht keine Regung zu zeigen, aber das ist ehrlich gesagt nicht gerade meine Stärke und wenn ich Teugel so ansehe, glaube ich, er hat bereits was gemerkt.

Also fahre ich schnell fort "Und es gibt mehr als nur die eine 'Richtige' man darf nur ihnen und sich nicht die Chance nehmen, daraus mehr werden zu lassen, weil man die 'Eine, mit der es leider nix wurde' nicht vergessen, nicht loslassen kann.

Und genau deswegen lohnt es sich auch nicht auf Mr. oder Mrs. Perfect zu warten – die gibt es bestimmt auch irgendwo auf diesem Erdenrund, die Wahrscheinlichkeit ihm oder ihr zu begegnen und in diesem Augenblick auch zu erkennen, dass das der/diejenige Welche(r) ist, ist gelinde gesagt gering. Sobald man das Gefühl hat, das ist die 'Richtige', sollte man diesem Gefühl einfach trauen und sein Glück versuchen, denn ich bin mir sicher irgendwann passen die 'Richtige' und die Umstände perfekt zusammen."

Ich hebe die letzte Karte ab und lege sie zu den anderen 4 in der Mitte. Es ist die Pik-10. "Mist", murmele ich und erhöhe erneut den Einsatz. Teugel will wohl mitgehen und sogar noch einmal erhöhen. Ich lege seufzend den Differenzbetrag in die Mitte und decke meine Karten auf. "Ein Flush", sage ich und bin gespannt auf das Blatt des Schafbocks. Ich drehe es um: Karo-Ass und Pik-Ass. "Das darf doch nicht wahr sein, Full House!", fluche ich, "du hast schon wieder gewonnen!"

Natürliche Entspannung

„Ist es nicht einfach wunderschön hier?" Teugel zieht es wieder mal vor, stoisch zu schweigen. „Ja klar, ich meine natürlich nicht unser Zimmer, sondern die Landschaft hier auf dem Foto. Weißt du, dass ist bei meinem letzten Urlaub entstanden." Es zeigt einen idyllischen kleinen See mit einem kurzen Steg, bedeckt von Seerosen. Das Wasser darin ist grün-blau. Eingerahmt wird er vom Trauerweiden und Birken, dem obligatorischen Schilf und in allen denkbaren Formen und Farben blühenden Blumen. Daran schließt sich eine saftig-grüne Wiese an, auf der ein Gemütlichkeit ausstrahlendes Forsthaus steht. „Du musst dir jetzt noch vorstellen, dass das alles mitten in einem ausgedehnten Wald liegt", erkläre ich meinem Stofftier mit verträumter Stimme, „und wenn man den Schotterweg entlang kommt, der ungefähr da hinten verläuft, sieht man das alles gar nicht und würde niemals vermuten, dass hier so ein Kleinod verborgen ist.

Und sieh mal wie herrlich die Sonne die ganze Szenerie sanft in einem goldenen Lichtermeer badet. Sowas entdeckt man nicht, wenn man immer nur von Erlebnis zu Erlebnis hechelt, möglichst viel Sightseeing in einen Tag packt, damit man, wenn man wieder daheim ist, damit angeben kann, was man alles gemacht, erlebt und gesehen hat. Nein, für solche Erlebnisse muss man sich Zeit nehmen, einmal innehalten, die komplette Umgebung auf sich wirken lassen.

Stell dir vor, wie die Vögel zwitschern, die Grillen zirpen, irgendwo hämmert ein Specht einen tighten Beat gegen ein Baumstamm, vor deiner Nase jagen sich Eichhörnchen die Bäume hoch und runter, es riecht nach Wald und Harz, leicht vermodertem Wasser, süßen, reifen Früchten und frischem Gras.

Das ist auch der Grund, warum ich das Unterwegs sein, den Hike, so wahnsinnig an der Pfadfinderei mochte und mag." Mein Schafsbock schaut mich leicht verständnislos an. „Ach komm schon, wie oft habe ich dir jetzt schon erklärt, dass ein Hike eine mehrtägige Wanderung bei uns Pfadfindern ist, bei der oftmals zwar klar ist, wo man ankommen möchte, und wie man ungefähr dort hin gelangt, aber die genaue Route und die Schlafplätze unterwegs spontan gesucht und beschlossen werden. Das ist nicht einfach nur Wandern, sondern viel mehr. Ein intensives Gruppenerlebnis, ein die Natur und Umgebung mit allen Sinnen wahrnehmen und genießen. Ein ganz im Augenblick sein, ohne Zeitdruck gemeinsam Spaß haben, einfach ein ganz besonderes Erlebnis." Ich deute auf die rechte obere Ecke des Bildes. „Gut möglich, dass hier ein kleiner, schmaler Trampelpfad durch den Wald beginnt, den man nur im Gänsemarsch gehen kann, weil links und rechts Bäume stehen. Überall durchziehen dünne und dickere Wurzeln den Boden, bilden kleine Stolperfallen oder geben den Füßen bei steilen Anstiegen halt. Der Boden ist unendlich weich unter den Schuhen durch Tannennadeln oder viele Schichten Laub und Moospolster dazwischen oder drunter. Dadurch gehst du tatsächlich wie auf Wolken und obwohl dich dein Rucksack das ein oder andere Mal ziemlich nach hinten zieht und du aufpassen musst, dass du die nicht den Maikäfer oder die Schildkröte machst, bist du bereits nach wenigen Metern entspannt. Und zwar auf eine Weise, die du in deinem hektischen Alltag längst nicht mehr erreichst. Du bist völlig losgelöst von deinem normalen, penibel durchgetaktetem Leben. Hinter jeder Kurve, hinter jeder Abzweigung erwarten dich neue Eindrücke, ändert sich vielleicht die Landschaft oder öffnet sich die Umgebung zu einer großartigen Aussicht.

Man entdeckt Ecken, die man niemals gefunden hätte, wäre man auf den ausgetreten Pfaden geblieben oder womöglich mit dem Auto oder der Bahn gereist. Beispielsweise die letzten übriggebliebenen Reste eines ausgedehnten Hochmoors, diese sich völlig von der uns bekannten Landschaft mit Büschen, Bäumen und Wiesen unterscheidenden Gegend, die ihren ganz eigenen Charme hat.

Auch der Umgang miteinander ist ein ganz anderer, spezieller. Fast automatisch achtet jeder auf jeden: bleibt jemand vielleicht zurück, ächzt jemand unter zuviel Gepäck und ist das allgemeine Zeugs für die Gruppe – Wasser, Lebensmittel, Zeltplanen, usw. gerecht auf alle aufgeteilt? Die Gespräche werden oft tiefsinniger und persönlicher, wodurch das gegenseitige Verständnis füreinander wächst. Das ist ja eh mein Credo – redet miteinander, wenn ihr euch, die

Handlungsweisen des jeweils anderen verstehen wollt und urteilt nicht nur aufgrund einer Momentaufnahme, ohne diese hinterfragt zu haben.

Wenn man dann Abends einen passenden Platz zum Schlafen gefunden hat, gemeinsam gekocht und gegessen hat und schließlich in seinem Schlafsack liegt und vielleicht sogar in den Sternenhimmel schaut, ist der Tag perfekt. Man schließt glücklich und hochzufrieden die Augen mit der Gewissheit, sich noch lange an diesen Tag zu erinnern und daraus Kraft zu schöpfen."

Voller Lebensfreude schaue ich Teugel an, der regungslos zurückstarrt. Manchmal glaube ich, er versteht gar nicht, was ich ihm erzähle.

Das Mädchen meiner Träume zum 2.

Ich drücke Teugel eng an mich, vergrabe mein Gesicht in seinem weichen Fell und ziehe mir die Bettdecke über den Kopf. So liegen wir lange still da, nur hin und wieder unterbrochen von meinen heftigen Schluchzern.

"Warum haben nur immer die anderen Glück und nie ich?", murmele ich ihm irgendwann ins Ohr. "Ich möchte doch wirklich nicht viel. Nur eine die mich drückt und die ich drücken darf, die morgens an meiner Seite mit einem leichten Lächeln aufwacht, mir einen Kuss gibt und sich einfach freut dass ich da bin. Ist das wirklich so viel zuviel verlangt? Bin ich wirklich so wenig liebenswürdig? So abschreckend? So ein... So ein..." Mir bleiben die Worte im Hals stecken. Ich schlucke tief und räuspere mich. "Muss ich tatsächlich zuerst zu einem Arschloch werden, damit mich ein Mädchen lieben kann? Die haben zumindest keine Probleme jemanden zu finden. Wenn sie Bock drauf haben auch jede Woche eine Neue. Mann sollte doch meinen, die Mädels würden es irgendwann lernen, aber so wie es aussieht..." Ich seufze tief, mein treuer Schafsbock zieht es wie gewöhnlich vor zu Schweigen. Ich streichele ihm vorsichtig durch sein schneeweißes Fell.

Nach einer langen Weile fahre ich fort: "Dieses Mädchen, von dem ich dir dauernd erzähle, du weißt schon, dass, das ich so gerne habe. Nun es ist endgültig aus zwischen uns. Nicht dass es überhaupt jemals richtig angefangen hätte. Mehr als einen Freund hat sie nie in mir gesehen. Und im Rückblick betrachtet wohl nicht mal einen besonders guten. Wie konnte ich nur so blind sein?"

Ich habe das Gefühl ein schelmisches Grinsen über Teugels ansonsten ausdruckslose Miene huschen zu sehen. Kurz muss ich auch lachen. "Ja, ok, hast ja recht, es heißt wohl nicht umsonst, dass Liebe blind macht! Ist doch Scheiße ..."

Wieder ernst sage ich "Ich verstehe es trotzdem nicht. Sie wollte es nicht einmal mit mir versuchen. Ich meine, die ganze Zeit sagt sie mir Dinge wie "Ich Liebe dich", nennt mich eigentlich ausschließlich "Liebling" und fällt dann aus allen Wolken, als ich ihr sage, dass ich mir ernsthaft mehr als Freundschaft vorstellen könnte. Was um alles in der Welt hat sie den gedacht, wie ich ihre Worte verstehe?

Na gut, eigentlich hätte ich es besser wissen müssen. Spätestens, als sie zum einen meine Geburtstagsgeschenke komplett ignoriert hat, in die ich jeweils tagelange Arbeit gesteckt hatte und zum anderen mehrmals meinen Geburtstag vergessen hat. Und statt mir auf meinem Wink mit nem kompletten Zaun einfach zu gratulieren faucht sie mich noch an, weil ich es gewagt habe, sie daran zu erinnern." Traurig schüttele ich meinen Kopf. "Mann, ich war wirklich ein kompletter Vollidiot!

Klar, ich weiß, dass sie da jeweils tierisch Stress hatte, zumindest hat sie mir das erzählt, aber der war irgendwann auch wieder vorbei. Außerdem hat sie immer trotzdem genug Zeit gefunden, um beispielsweise irgendwelche Videos zu schauen, von Leuten, die sie definitiv nicht persönlich kennt. Aber klar, so Influencer mit schönen bunten Haaren und voll stylischen Klamotten und so sind natürlich viel cooler als ich und haben viel mehr tolle Effekte in ihre Videos eingebaut. Da kann ich trotz tagelanger Arbeit voller Herzblut nicht dagegen anstinken. Und das, obwohl ich sie nicht mit offener oder Schleichwerbung zuballere von Produkten, Apps oder Dienstleistungen, von denen die Influencer natürlich voll überzeugt sind. Jedenfalls solange sie für diese Meinung genug gezahlt bekommen.

Dass sich ihre zumeist jungen Fans teilweise hoch verschulden um wenigstens ein bisschen wie ihre großen Vorbilder zu sein, ist ihnen dabei völlig egal.

Und der nützliche Idiot – also ich – soll das dann wieder richten. Schließlich lässt man ja Freunde nicht einfach wissentlich unter der Brücke schlafen. Komisch nur, dass ich immer nur dann ein Freund bin, wenn ich irgendwie helfen soll, brauche ich jedoch etwas Hilfe oder auch nur Zuwendung, kann ich mich zum Teufel scheren!"

Inzwischen habe ich mich völlig in Rage geredet, selbst in Teugels smaragdgrünen Augen ist die hochrote Färbung meines Gesichtes deutlich zu erkennen. Ich vergrabe mein Gesicht in seinem Fell und atme bewusst tief und langsam ein und aus.

Keine gute Idee. Ich explodiere förmlich in einem gigantischen Nieser. Mein Schafsbock schaut mich völlig verdattert an. Zumindest glaube ich das aus seinem Gesicht ablesen zu können. Sagen tut er jedenfalls nicht. Ich breche in ein fast schon hysterisches Lachen aus. „Mann Teugel, wann hast du denn zuletzt dein Fell ausgestaubt?" Immer noch laut lachend knuddel ich den Bock heftig. Nur langsam beruhige ich mich wieder. Das Lachen hat mir richtig gut getan.

„Weißt du, was ich jetzt mache, du kleiner Dreckspatz – äh Bock? Ich entstaube mein Leben! All die Menschen die in mir nur Mittel zum Zweck sehen, all die, die mich ständig verletzen, all die, die nicht mal für unsere Freundschaft bereit sind, mir etwas entgegenzukommen und sich Zeit für mich und meine Probleme nehmen, die alle werfe ich aus meinem Leben. Lösche Telefonnummer, Adresse, Chatverläufe und alles andere, was mich an sie erinnert. Sind schließlich selber Schuld, ich habe ihnen genug Chancen gegeben. Wenn sie die nicht nutzen möchten ist das nicht mein Problem! Ich konzentriere mich ab sofort nur noch auf die, die mit mir um meinetwillen befreundet sind und nicht, weil sie irgendeinen Profit aus unserer Beziehung schlagen wollen.

Und ich gehe zukünftig anders an dieses ganze Freundschaft und mehr Ding ran. Ich bin auch wer und jede Sekunde die in mich ‚investiert' wird wert. Wer mir nicht zeigen kann und will, was ich ihm oder ihr bedeute kann direkt wieder aus meinem Leben verschwinden."

Ich sehe Teugel unendlich dankbar an. Mein weißbefellter Schafsbock mit den smaragdgrünen Augen und den braunschwarzen Hörnern wird immer für mich da sein und mir zuhören, egal was auch immer kommen und passieren wird.

Zugegebenermaßen hat er auch kaum eine andere Wahl.